Edition Kattegat

Herausgegeben von Nikolaus Hansen

Das Meer ist nicht nur ein konkreter Ort für Schiffe und Fische, es ist vor allem auch ein Ort der Phantasie, eine große Weite, die seit jeher Literaten fasziniert. Die *Edition Kattegat* – herausgegeben von Nikolaus Hansen, dem passionierten Kenner jeglicher Meeresliteratur – wird voller Geschichten und Geheimnisse vom Meer sein: Denn der Grund der Ozeane ist uns noch immer fremder als die Krater des Mondes. In ihm spiegeln sich Sehnsüchte, Albträume, Wünsche und Zuschreibungen aller Art.

Colum McCann

Verschwunden

Erzählung

Aus dem Englischen von
Dirk van Gunsteren
und mit einem Geleitwort von
Nikolaus Hansen

EDITION KATTEGAT

Die Originalerzählung mit dem Titel »Sh'khol« erschien
im Band »Thirteen Ways of Looking« im Oktober 2015
bei Bloomsbury Publishing in London.

Dieses Buch ist auch als DÖRLEMANN eBook erhältlich.
ISBN 978-3-03820-930-0

Umschlaggestaltung: Mike Bierwolf
Satz: Dörlemann Satz, Lemförde
Druck und Bindung: Theiss, St. Stefan, Österreich
ISBN 978-3-03820-030-7
www.doerlemann.com

Colum McCann

Es war ihr erstes gemeinsames Weihnachten in Galway, Mutter und Sohn. Das Haus stand versteckt an der Atlantikküste, mit blauen Fensterrahmen und Schieferdach, im Windschutz eines Ahornhains, dessen Zweige landeinwärts zeigten. Vom Meer wurde Gischt heraufgeweht und legte sich sanft auf die hohe Hecke, die den Garten umgab.

Tagsüber konnte Rebecca das rhythmische Rauschen und Donnern der Wellen hören. Nachts waren die Geräusche doppelt so laut.

Selbst in der feuchten Kälte der Dezemberabende schlief sie bei offenem Fenster und lauschte auf das Grollen der Wellen, das über die niedrigen Klippen fegte und raspelnd über den von Mauern eingefassten Weg auf das Haus zurollte, wo es innezuhalten und für einen Augenblick stillzustehen schien, bevor es sich brach.

Am Weihnachtsmorgen stellte sie sein Geschenk vor den Kamin, neben den kleinen Tannenbaum. In eine Schachtel verpackt, mit Geschenkpapier und roter Schleife. Tomas riss die Schachtel auf, und es fiel ihm als Bündel vor die Füße. Anfangs hatte er keine Ahnung, was es sein könnte; er hielt es an den Beinen hoch, dann an der Taille, er drehte es um und drückte es dunkel an die Brust.

Sie griff hinter den Baum und holte ein zweites Päckchen hervor: Neoprenstiefel und eine Kapuze. Tomas zog Hemd und Schuhe aus: Er war dünn, stark, blass. Als er aus der Hose stieg, wandte sie den Blick ab.

Der Nassanzug umhüllte ihn wie etwas Flüssiges: Sie hatte ihn ein paar Nummern zu groß gekauft, damit er hineinwachsen konnte. Er breitete die Arme aus und wirbelte im Zimmer herum: Sie hatte ihn seit Monaten nicht so glücklich gesehen.

Durch Gesten gab sie ihm zu verstehen, dass sie in ein paar Stunden hinunter zum Wasser gehen würden.

Dreizehn Jahre, und doch war in ihm schon eine ganze Geschichte. Sie hatte ihn in Wladiwostok adoptiert, als er sechs gewesen war. Beim Besuch des Waisenhauses hatte sie ihn unter einer Schaukel hocken sehen. Blondes Haar, die Augen von einem durchscheinenden Blau. Wunde Stellen am Hals. Lange, schmale Narben am unteren Rücken. Das Zahnfleisch weich und blutig. Er war von Geburt an gehörlos, doch er hatte sich rasch zu ihr umgedreht, als sie seinen Namen gerufen hatte, und das war ein Zeichen gewesen, dessen war sie sicher.

Bestimmte Scherben seiner Geschichte würden ihr für immer ein Rätsel bleiben: die frühen Jahre, die Eltern und Großeltern, über die sie nichts wusste, das Gerücht, er sei in der Nähe einer Müllkippe zur Welt gekommen. Das mögliche Erbe: Quecksilber, Strahlenkrankheit, Prügel.

Ihr war wohl bewusst, auf was sie sich einließ, doch damals war sie noch mit Alan zusammen. Sie wohnten in einem schäbigen

Hotel mit Blick auf die Amurbucht. Tage voll Schmiergeld und Panik. Besorgte Telefonate spät in der Nacht. Lange Stunden im Wartezimmer. Die Diagnose »Fetales Alkoholsyndrom« ließ sie kurz zögern. Doch als sie sich sechs Wochen später auf die Rückreise machten, baumelte Tomas zwischen ihnen. Während des Aeroflot-Flugs lag der Kopf des Jungen an ihrer Schulter. In Dublin, am Einreiseschalter, zitterten ihre Hände beim Ausfüllen der Formulare. Sobald Alan unterschrieben hatte, bekamen sie die Stempel. Sie nahm Tomas' Hand und rannte lachend mit ihm durch die Ankunftshalle: Es war ihr einundvierzigster Geburtstag.

Das waren gute Tage: ein Haus mit vier Zimmern in Stepaside, eine Reihe von Beratern, Therapeuten, Logopäden, und sogar ihre Eltern kamen vorbei, um auszuhelfen.

Jetzt, sieben Jahre später, war sie geschieden und lebte im Westen, ihre Eltern waren tot, und ihre Aufgaben hatten sich verdoppelt. Die Ersparnisse gingen zur Neige. Rechnungen fielen durch den Briefschlitz, eine nach der anderen. Es gab Gerüchte, dass die Sonderschule in Galway vielleicht geschlossen werden würde. Dennoch, sie neigte nicht zu Bitterkeit oder lauten Beschwerden. Ihren Lebensunterhalt verdiente sie als Übersetzerin aus dem Hebräischen: Eheverträge, geschäftliche Übereinkünfte, Faltblätter zu Kulturveranstaltungen. Sie hatte auch ein, zwei Romane übersetzt, die ein linker Verlag in Tel Aviv herausgebracht hatte: Das Honorar war lachhaft, aber es gefiel ihr, in diese Andersheit einzutreten, und die Bücher waren ein Mittel gegen die Gleichgültigkeit.

Achtundvierzig, doch es war noch immer eine gewisse Schönheit um sie – im dunklen Teint, in den leicht schräg stehenden Augen, im kühnen Schwung der Nase. Ihr Haar war dunkel, ihr Körper schlank und geschmeidig. Sie passte gut in das kleine Dorf, auch wenn sie scharf von der auffallenden Blondheit ihres Sohns abstach. Die gälische Sprache, das wechselhafte Wetter, das harte Licht, der

Wind, der vom Atlantik wehte – sie genoss all das. Eingemummt gingen sie am Pier entlang, vorbei an Hummerkörben, Taurollen und verrottenden Fischerbooten. Der Regen prasselte an die Fenster der geschlossenen Läden. Keine Touristen im Winter. Die Frauen im Supermarkt beobachteten sie oft: Mehr als einmal wurde Rebecca gefragt, ob sie die *bean cabhrach* sei, ein Wort, das ihr gefiel: Hausmädchen, Kindermädchen, Hebamme.

In ihrer Liebe für ihn steckte ein grober Keil der Spannung. Die Gegenwart des Unbekannten. Das Verlassen der Kindheit. Der Schritt in ein zukünftiges Ich.

Manchmal nahm Tomas ihre Hand und legte den Kopf an ihre Schulter, wenn sie durch das Dorf nach Hause fuhren, vorbei an der ehemaligen Schule und den weißen Bungalows. Sie wollte sich um ihn schmiegen, ihn einhüllen, alles auffangen, was ihm begegnete. Am meisten aber wollte sie entdecken, was für ein Mann unter dieser sehr blassen Haut heranwuchs.

Den ganzen Morgen des Weihnachtstags trug Tomas den Nassanzug. Er lag auf dem Boden und spielte Videospiele, seine Finger perlten über die Tasten der Konsole. Über ihre Lesebrille hinweg sah Rebecca, wie der Streifen entlang des Ärmels sich bewegte. Sie wusste, es war ein Spiel, das sie ihm eigentlich nicht erlauben sollte – Panzer, Gräben, Tote, Leuchtspurmunition –, aber es war der Preis für eine Stunde Ruhe.

Dieses Weihnachten keine Wutausbrüche, keine Schlachten, keine Tränen.

Gegen Mittag gab sie ihm Zeichen, er solle sich fertig machen: Es würde früh dunkel werden. In ihrem Schrank waren zwei Nassanzüge, doch sie ließ sie hängen und entschied sich für Laufschuhe, einen Anorak und einen warmen Schal. An der Tür zog Tomas seinen Dufflecoat über den Neoprenanzug.

Nur kurz rein und wieder raus, sagte sie auf Irisch.

Es war unmöglich zu sagen, wie viel von

irgendeiner Sprache Tomas verstand. Seine Gebärden waren rudimentär, doch aus seinem Gang, seinen Schultern und der Mundstellung vermochte sie das eine oder andere zu schließen. Am meisten konnte sie in seinen Augen lesen. Er sah auf eine schurkische Art gut aus: Die Augen waren klein, ja, aber flink. Er zeigte keine anderen Symptome eines fetalen Alkoholsyndroms, er hatte keine hohe Stirn, keine schmalen Lippen, kein flaches Philtrum.

Sie traten hinaus in einen Sonnenstrahl, so klar und hell wie ein Knochen. Bei der niedrigen Mauer zog eine der Wolken einen Vorhang vor, und das Licht wurde wieder grau. Ein paar Regentropfen trieben ihnen ins Gesicht.

Das war es, was sie am Westen Irlands so liebte: Das Wetter war das reinste Kino. Jederzeit konnte ein Schauer niedergehen, und wenige Augenblicke später gaben die jagenden grauen Wolken den blauen Himmel frei.

Eine der Mauern am unteren Feld war mit Stahlrohren verstärkt worden, dilettantisch und gegen alle regionalen Traditionen, aber der Wind strich über die offenen Enden der Rohre und ließ willkürliche Pfiffe ertönen.

Tomas fuhr mit den Händen über ein Rohr nach dem anderen und modulierte den Gesang der Mauer. Sie war sicher, dass er die Schwingungen des Metalls spüren konnte. Kleine Augenblicke wie dieser schlichen sich geräuschlos an und sprengten sie mit ihrer Freude auf.

Auf halbem Weg zum Wasser verfiel er plötzlich in einen Chaplin-Gang, kehrte die Füße nach außen und ließ ein imaginäres Stöckchen kreisen, während er sich gegen den Wind stemmte. Als er die Spitze des kleinen Hügels erreicht hatte und das Meer sehen konnte, stieß er einen Jubelschrei aus. Sie rief ihm zu, er solle auf sie warten – das war zur Gewohnheit geworden, auch wenn er ihr den Rücken kehrte. Er blieb an der Kante des Steilufers stehen, trat auf der Stelle und drehte die Hand. Eine beinahe perfekte Imitation. Wo hatte er Chaplin gesehen? In einem Videospiel vielleicht? In einer Fernsehshow? Es gab Zeiten, da dachte sie trotz allem, was die Ärzte gesagt hatten, er könnte eines Tages die unmöglichen Sehnsüchte erfüllen, die sie für ihn hegte.

Am Steilhang über der Felsnadel aus Granit blieben sie stehen. Die Wellen eilten dem Ufer entgegen. Lange, weiße Kritzelstriche. Sie gab ihm einen Klaps auf den Hintern, wo der Nassanzug sich beulte. Die Neoprenkapuze rahmte sein Gesicht ein. Das blonde Haar sah hervor.

Bleib im flachen Wasser. Versprichs mir.

Sie ließ sich hinter ihm auf dem Hosenboden hinunterrutschen. Das Gras unter ihren Händen war kalt. Ihre Füße glitten durch den Matsch und landeten auf dem groben Kies. Die Felsen waren von Algen überzogen. Eine kleine Krabbe huschte in einen Gezeitentümpel.

Tomas stand bereits knietief in der Bucht.

Geh nicht weiter rein, rief sie.

Als Kind war sie eine Schwimmerin gewesen und sowohl für Dublin als auch für Leinster angetreten. In ihrem Zimmer hatten Reihen von Medaillen gehangen. Eine von einem Wettkampf in Brüssel. Die Möglichkeit eines Stipendiums von einer amerikanischen Universität; eine Schulterverletzung hatte das zunichtegemacht.

Sie hatte Tomas im Sommer das Schwimmen beigebracht. Er kannte die Regeln: nicht tauchen, in der Bucht bleiben, nicht zu nah an die Felsnadel heran.

Zweimal sah es so aus, als wollte er um den dunklen Felsen herum in tieferes Wasser schwimmen: einmal, als er einen Windsurfer sah, das zweite Mal, als ein gelber Kajak rasch vorüberfuhr.

Sie winkte: Nicht weiter raus, okay?

Er kehrte zum Ufer zurück und fuhr, beide Arme in Chaplin-Rotation, mit den Händen durch das flache Wasser, so dass es hoch aufspritzte.

Hör bitte auf, sagte Rebecca leise, du machst mich ganz nass.

Er ließ das Wasser noch einmal spritzen, drehte sich um, tauchte unter, für zehn Sekunden, vierzehn, fünfzehn, achtzehn, kam zehn Meter entfernt wieder hoch und schnappte nach Luft.

Komm jetzt bitte. Komm raus.

Tomas schwamm auf die Felsnadel zu, seine Füße waren im Wasser nicht zu sehen. Sie bemerkte, dass der Nassanzug Falten warf. Ein langer, schlanker Schatten.

Ein dichter Schwarm Seevögel flog wie zum Spott über den flachen Wellen dahin. Sie spannte sich an. Trat einen Schritt vor, wartete.

Ich habe, dachte sie, einen schrecklichen Fehler gemacht.

Sie zog den Anorak aus und sprang ins Wasser. Sofort strich betäubende Kälte von Kopf bis Fuß über ihre Haut.

Als sie an Land watete, fiel ihr ein, dass ihr Handy noch in der Hosentasche war. Sie entfernte den Akku und schüttelte das Wasser heraus.

Tomas lag auf dem Kiesstrand und sah in den Himmel. Die blauen Augen. Das gerötete Gesicht. Die geschwollenen Lippen. Es war nicht schwer gewesen, ihn aus dem Wasser zu holen. Er hatte sich nicht gewehrt. Sie war von hinten herangeschwommen, hatte die Arme unter seinen Achseln hindurchgeschoben, die Finger verschränkt und ihn zum Strand gezogen.

Sie strich sich das nasse Haar aus dem Gesicht und wandte sich zum Steilufer. Eine Welle der Erleichterung überlief sie wie ein Schauer, als sie zurückblickte und sah, dass er ihr folgte.

Das Haus erschien ihr ganz plötzlich abgelegen: die kleinen blauen Fenster, die helle Halbtür. Er stand mitten im Zimmer in einer Pfütze, seine Lippen zitterten.

Rebecca steckte das Handy in ein Säckchen voll Reis und schüttelte es. Kein Ersatzhandy. Kein Festnetzapparat. Weihnachten. Alan, dachte sie. Er hatte nicht mal angerufen. Vielleicht hatte er es früher versucht. Der Gedanke an ihn in Dublin, im Kreis seiner neuen Familie mit ihrem aufgeräumten Haus, ihrer Weihnachtsdekoration, ihren Dramen. Ein schlichter Anruf, es hätte so leicht sein können.

Dein Vater hat nicht mal angerufen, sagte sie, als sie durch das Zimmer ging.

Sie fragte sich, ob er ihre Worte verstand und, falls ja, ob ihr Sinn zu ihm durchdrang. *Dein Vater, d'athair, abba.* Was geschah da drinnen? Wie viel nahm er eigentlich auf? Die Experten in Galway sagten, sein Verständnis sei minimal, aber sicher waren sie nicht; niemand war imstande, seine Tiefe auszuloten.

Rebecca öffnete den Reißverschluss des Nassanzugs und schälte ihn aus dem Neopren. Seine Haut war kalt und straff. Er legte den Kopf an ihre Schulter. Er stieß ein Geräusch aus, ein leises Wimmern.

Sie spürte, dass etwas in ihr losließ, und nahm ihn in die Arme. Die Kälte seiner Wange an ihrem Schlüsselbein.

Du hast mir Angst gemacht, Schatz.

Als es dunkel wurde, setzten sie sich zum Essen: Pute, Kartoffeln und Plumpudding, alles in einem kleinen Laden in Galway gekauft. Als Kind in Dublin war sie mit den uralten Ritualen aufgewachsen. Sie war die erste in ihrer Familie, die keinen Juden geheiratet hatte, aber ihre Eltern hatten das verstanden – es gab eben nur noch sehr wenige Juden in Irland. Manchmal spielte sie mit dem Gedanken, die alten Feiertagsrituale wiederzubeleben, doch alles, worauf sie zurückgreifen konnte, waren dunkle Erinnerungen an Abendspaziergänge durch die Rathgar Road, wo sie die Menoras in den Fenstern gezählt hatten. Mit jedem Jahr waren es weniger gewesen.

Beim Essen setzten sie die Partyhütchen aus Pappe auf, rissen an den Knallbonbons und lasen die Witze auf den zusammengefalteten Zetteln. Ein Glas Portwein für sie. Eine Orangenlimo für ihn. Eine Schachtel Karamellbonbons. Sie lagen auf dem Sofa, seine Wange an ihrer Schulter, eingehüllt in Stille.

Sie schlug ein altes, in blaues Leinen gebundenes Buch auf. Nadeschda Mandelstam.

Tomas drückte auf die Fernbedienung und griff nach dem Controller: die Fingerfertigkeit eines Pianisten. Sie fragte sich, ob seine Eltern vielleicht nicht nur trunksüchtig, sondern auch begabt gewesen waren, ob sie irgendwann einmal durch die hohen Fenster eines Konservatoriums nach draußen geblickt, gewagte neue Bilder gemalt oder sich, gegen alle Widerstände, auf einem Gebiet der Lyrik behauptet hatten – es war sentimental, das wusste sie, doch die Vorstellung hatte ihren Wert, eine Hoffnung gegen alle Hoffnung, ein schwaches Glimmen im neuronalen Netzwerk.

Der Weihnachtsabend ging dahin. Graustufen vor den Fenstern.

Sie brachte ihn zu Bett und las ihm auf Gälisch aus einer Sammlung alter irischer Mythen vor. Die Mythen waren eine Art Musik. Seine Augenlider flatterten. Sie wartete. Sein Tumult. Seine Wut. Nächtliche Wutanfälle, nannten es die Ärzte.

Sie strich ihm über das Haar, doch er zuckte mit der Schulter und riss den Arm herum. Der Ellbogen erwischte sie am Kinn. Sie tastete nach Blut. Auf ihren Fingern war ein dünner roter Film. Sie fuhr mit der Zunge über ihre Zähne – unversehrt. Halb so schlimm. Morgen vielleicht ein blauer Fleck. Den sie im Dorfladen würde erklären müssen. *Timpiste beag.* Nichts Schlimmes, nur ein kleiner Unfall. *Ná bac leis.*

Sie beugte sich über ihn und legte schützend die Arme um seinen Kopf, damit er ihn nicht gegen die Wand stoßen konnte.

Sein feines Haar bewegte sich im Rhythmus ihres Atems. Seine Haut war gesprenkelt mit kleinen dunklen Pickeln. Der Beginn der Pubertät. Was würde in den kommenden

Jahren sein, wenn der Wille seines Körpers stärker war als der ihre? Wie sollte sie ihn bezwingen? Wie viel Disziplin würde sie brauchen, wie viel Zurückhaltung?

Sie rückte dichter an ihn heran, und sein Kopf rollte herum und streifte ihre Brust. Im selben Augenblick schlug er wieder um sich. Er riss die Augen auf. Er knirschte mit den Zähnen. Der Ausdruck auf seinem Gesicht: Manchmal dachte sie, dass aus Angst langsam Hass wurde.

Sie griff unter das Bett und zog eine rote Hutschachtel hervor. Darin lag ein weicher schwarzer Lederhelm. Sie nahm ihn heraus. *Kilmacud Crokes Forever!*, stand in silbriger Schrift auf der Seite. Alan hatte ihn getragen, als er noch Hurling gespielt hatte. Wenn Tomas noch einmal aufwachte und um sich schlug, würde der Helm seinen Kopf schützen.

Sie hob seinen Kopf an, setzte ihm den Helm auf, strich das Haar darunter und schob die Lasche in das kleine Schnappschloss unter dem Kinn. Behutsam öffnete sie seinen Mund und setzte die Kunststoffschiene ein, die verhinderte, dass er seine Zähne zerbiss.

Einmal hatte er sie im Schlaf in den Finger gebissen, und sie hatte die Wunde mit zwei Stichen nähen müssen – das hatte sie von ihrer Mutter gelernt. An ihrem linken Zeigefinger war noch immer die Narbe, eine kleine rote Sichel.

Sie schlief neben ihm auf dem schmalen Bett ein, wachte wenig später auf und wusste im ersten Moment nicht, wo sie war. Die roten Ziffern des Weckers leuchteten.

Das Handy, dachte Rebecca. Sie musste nach dem Handy sehen.

Sie nahm die Flasche Weißwein aus dem Kühlschrank, schürte das Kaminfeuer in ihrem Schlafzimmer, legte eine Aufnahme von Richter auf, rückte die Kissen zurecht, zog die Decke bis zum Kinn, öffnete die Flasche und schenkte ein. Der Wein plätscherte im Glas, eine erste Vorbereitung auf den Schlaf.

Am nächsten Morgen war Tomas fort.

Sie erwachte, zunächst noch ganz umfangen vom Schlaf, und verkroch sich tiefer unter die Decke. Durch die kahlen Bäume fiel Licht ins Zimmer. Sie drehte das Kissen um, so dass die kühle Seite oben war. Die Uhrzeit überraschte sie: neun. Sie hatte den Nachgeschmack des Weins auf der Zunge, auf dem Nachttisch stand die leere grüne Flasche – irgendwie kam sie sich vor wie eine Sünderin. Sie lauschte. Kein Videospiel, kein Fernseher. Eine Zugluft ging durchs Haus, vielleicht war irgendwo ein Fenster offen. Sie stand auf und legte sich die Bettdecke um. Die Kälte des Bodens biss in ihre nackten Füße. Sie schaltete das Handy ein. Das Display flackerte und erlosch mit einem Piepton.

Im Wohnzimmer war niemand. Sie öffnete die Tür zu seinem Zimmer und sah den herabhängenden Zipfel der Bettdecke und den Helm, der auf dem Boden lag. Sie ließ die Decke fallen, warf einen Blick unter das Bett, riss den Kleiderschrank auf.

Der Haken im Wohnzimmer, an dem der Nassanzug gehangen hatte, war leer.

Die obere Hälfte der Tür war noch verriegelt, die untere schwang im Wind panisch hin und her. Geduckt ging sie hinaus. Sie hatte nur ihr Nachthemd an. Das Gras war spröde vom nächtlichen Frost. Ihre Zehen sanken in die Kälte ein. Die Baumwipfel warfen seinen Namen zu ihr zurück.

Die Grashalme schlugen hart an ihre Schienbeine. Der Wind spielte sein Lied auf den Rohren. Sie entdeckte eine flüchtige Bewegung an der Kante des Steilhangs, eine geduckte Gestalt, die den Hang hinunter davonrannte. Sekunden später erschien sie wieder, als wäre sie aus dem Meer gekommen. Ein Widder mit spiralig gedrehten spitzen Hörnern. Er lief durch eine Lücke in der Mauer über die Felder davon.

Rebecca sah hinunter in die Bucht. Keine Schuhe auf den Felsen. Kein Dufflecoat. Nichts. Vielleicht war er gar nicht hierher gegangen. Herrgott, dieser Nassanzug. Sie hätte ihn nie kaufen sollen. Zwei Nummern zu groß, nur um ein bisschen Geld zu sparen.

Sie rannte an der Kante entlang und spähte an der Felsnadel vorbei. Der Wind wehte kräftig. Das Meer war silbrig und schwarz, ein uralter fleckiger Spiegel. Wer war dort draußen? Die Küstenwache musste unterwegs sein, ein frühmorgendlicher Kajakfahrer, irgendein Fischerboot. Der Wind brauste über den Atlantik heran. In ihrem Kopf Alans Stimme: *Was hast du ihm geschenkt? Einen Nassanzug? Aber warum, um Gottes willen?* Wie weit konnte er schwimmen? Da draußen gab es Netze. Er konnte sich darin verfangen.

To-mas! To-mas!

Vielleicht konnte er sie hören. Vielleicht als ein leises Klingen in den Ohren, als Schwingung des Wassers, die sein Trommelfell zum Leben erweckte. Sie suchte die Wellen ab. Pass auf jetzt. Reiß dich zusammen, verdammt.

Als sie zum Haus zurückkehrte, konnte sie sich beinahe aus der Vogelperspektive sehen:

das Nachthemd, die nackten Füße, das zerzauste Haar, der feuchte Wind, der an ihr zerrte. Kein Telefon, verdammt, kein Telefon. Sie würde mit dem Wagen in die Stadt fahren müssen. Die Polizei verständigen. Wo war überhaupt die Station? Warum wusste sie das nicht? Welche ihrer Nachbarn waren zu Hause? Was hast du ihm geschenkt? Was für eine Mutter würde so was tun? Wie viel Wein hast du getrunken? Fetales Alkoholsyndrom.

Der Wind beugte die Grashalme. Sie stolperte voran, kletterte über die niedrige Mauer in den Garten. Ein stechender Schmerz im Knöchel. Hinter dem Haus knicksten die Bäume. Die Zweige sprenkelten die Wände mit Schatten. Die Halbtür schwang hin und her. Sie duckte sich und ging ins Haus, in sein Schlafzimmer. *Kilmacud Crokes Forever.* Das Handy funktionierte noch immer nicht.

Sie schaltete den Computer ein, der auf der Küchentheke stand. Der Bildschirm leuchtete auf: Tomas mit sechs in Glendalough – blondes Haar, rote Shorts, flatternde Hemdärmel, er rannte durch das hohe Gras zum See. Sie rief Skype auf und wählte die einzige Nummer, die sie auswendig wusste. Alan nahm beim vierten Klingelton ab. Herrgott. Was hatte sie getan? Hatte sie den Verstand verloren? Er würde die Polizei anrufen, auch die Küstenwache, aber für die Fahrt von Dublin würde er drei bis vier Stunden brauchen. Ruf mich an, wenn du ihn findest. Beeil dich. Finde ihn. Als er auflegte, herrschte eine plötzliche heftige Stille.

Rebecca legte den Kopf auf die Theke. Als sie das Programm schloss, erschien wieder das Foto von Tomas.

Sie rannte ins Schlafzimmer und zwängte sich in ihren alten Nassanzug. Er fühlte sich rau an, spannte über der Brust, kratzte im Genick.

Draußen hingen drohende Wolken. Sie suchte den Horizont ab. Die fernen Inseln, urtümliche Buckel. Der gekrümmte Küstenlauf der Landzunge. Grauer Himmel, graues

Meer. Höchstwahrscheinlich war er nach Norden geschwommen, der Strömung folgend. Im Sommer hatten sie diese Richtung eingeschlagen. Sich immer dicht am Ufer gehalten. Das Wasser gelesen. Gesehen, wo es schäumend gegen Felsen anrannte und im Bogen zurückgeworfen wurde.

Ein kleines Fischerboot fuhr an der gegenüberliegenden Seite der Bucht entlang. Sie winkte mit beiden Armen – lächerlich, das wusste sie – und kletterte den Steilhang hinunter. Ihre Füße rutschten auf dem matschigen Pfad.

Auf halbem Weg zum Spülsaum blieb sie stehen: Da lagen Tomas' Turnschuhe, ordentlich nebeneinander und zum Meer ausgerichtet. Wie hatte sie die vorhin nur übersehen können? Sie würde diesen Augenblick nie vergessen, das wusste sie: Sie drehte die Schuhe herum, als könnte er jeden Moment kommen, sie anziehen und in das warme Haus zurückkehren.

Keine Fußspuren, dazu war der Kies zu

grob. Auch keine Jacke. Hatte er den Dufflecoat zurückgelassen? Unterkühlung. Manchmal dauerte es nur wenige Minuten. Sie hatte den Anzug zu groß gekauft. Daher war er der Kälte vermutlich stärker ausgesetzt. Wie weit würde er kommen? Wie lange war er schon fort? Sie war so spät aufgewacht. Wein. Sie hatte so viel Wein getrunken.

Sie zog eine Badekappe fest über den Kopf und schloss den Reißverschluss ihres Anzugs. Die Zähne waren widerspenstig.

Rebecca watete ins Wasser und tauchte ein. Die Kälte durchbohrte sie. Ihre Arme hoben und senkten, hoben und senkten sich. Sie hielt inne, sah zurück und schwamm weiter. Die Schulter schmerzte.

Bei jedem Zug sah sie sein Gesicht: die dunkle Kapuze, das blonde Haar, die blauen Augen.

Sobald sie an der Felsnadel vorbei war, schwamm sie an der Küste entlang, in den Ohren das Rauschen der Wellen, das nur eine andere Art von Taubheit war. Ihr Blut zog sich aus den Fingern, den Zehen, dem Kopf zurück.

Vor acht Monaten hatte der Verleger in Tel Aviv ihr einen kleinen Roman geschickt, eine wunderschön geschriebene Geschichte von einem israelischen Palästinenser aus Nazareth, ein bedeutendes Werk, wie sie fand.

Sie hatte sogleich mit der Übersetzung begonnen. In der Geschichte ging es um ein Paar in mittleren Jahren, das seine beiden Kinder verloren hatte. Das Wort *sh'khol* war aufgetaucht, und sie hatte nach einer passenden Übersetzung gesucht, aber keine gefunden. Es gab natürlich die Worte *Witwe*, *Witwer* und *Waise*, aber keines, weder Substantiv noch Adjektiv, für ein Elternteil, das sein Kind verloren hatte. Auch nicht im Irischen. Sie hatte russische, französische, deutsche Wörterbücher konsultiert, auch die anderer Sprachen, Analogien aber nur im Sanskrit – *vilomah* – und im Arabischen – *thakla* für die Mutter, *mathkool* für den Vater – gefunden. Im Englischen: nichts. Es hatte sie tagelang beschäftigt. Sie wollte dem Text treu bleiben, das Unsichtbare benennen: *aufgerissen*, *mittendurch gerissen*, *beraubt*. Letztlich hatte sie sich mit dem formellen *hinterblieben* begnügt, das nicht annähernd akkurat genug war, wie sie fand, das kein Geheimnis barg, keinen Klang hatte und eigentlich kaum eine richtige Übersetzung war. Hinterblieben.

Als man sie am Kragen des Nassanzugs aus dem Wasser zog, war es beinahe Mittag. Ein Boot der Küstenwache. Vier Mann an Bord. Bäuchlings und keuchend fiel sie aufs Deck. Sie trugen sie hinunter in die Kabine. Beugten sich über sie. Eine Maske. Schläuche. Ihre Gesichter waren unscharf, verschwommen. Ihre Stimmen. Sauerstoff. Eine Hand auf ihrer Stirn. Ein Finger an ihrem Handgelenk. Das Gewicht des Wassers lag noch immer auf ihr. Ihre Zähne klapperten. Sie wollte aufstehen.

Lasst mich, rief sie.

In ihr brannte die Kälte. Die Schulter fühlte sich an, als wäre der Arm aus dem Gelenk gerissen worden.

Setzen Sie sich, alles wird gut. Nicht bewegen.

Sie legten ihr Decken aus Silberfolie um, massierten ihre Finger und Zehen, schlugen ihr zweimal ins Gesicht, sanft, wie um sie zu wecken.

Mrs. Barrington? Können Sie mich verstehen?

Im Blau der Augen des Kapitäns sah sie Tomas. Sie berührte sein Gesicht und spürte raue Bartstoppeln.

Der Kapitän sprach sie auf Englisch an, dann auf Irisch, sein Ton war scharf. War sie sicher, dass Tomas schwimmen gegangen war? Gab es irgendeinen anderen Ort, wo er sein könnte? Hatte er so etwas schon mal gemacht? Was hatte er an? Hatte er ein Handy? Irgendwelche Freunde?

Wieder wollte sie aufstehen, doch der Kapitän hinderte sie.

Der Wind drückte gegen die Fenster der Kabine und setzte den Wellen weiße Kronen auf. Ein paar Möwen schossen akrobatisch über dem Wasser dahin. Rebecca warf einen Blick auf die Seekarten an der Wand, weite, farbige Flächen, von Linien durchzogen. Kummer wallte heiß in ihr auf. Sie blickte über das Heck des Boots auf das sich breitende Kielwasser. Das Radio knarzte: ein Dutzend verschiedene Stimmen.

Sie wusste, dass sie klang wie ein Tier.

Das Boot wurde plötzlich langsamer und legte an. Gischt prickelte auf ihrem Gesicht. Diesen Ort kannte sie nicht. Eine Lampe leuchtete am helllichten Tag: ein schwaches Schimmern, eine Verheißung von Dunkelheit. Schaulustige kauerten in ihren Wagen und zeigten auf sie. Rote und blaue Blitze stachen auf die Baumwipfel ein. Sie spürte eine Hand auf der Schulter. Der Kapitän führte sie die Pier entlang. Eine der Decken fiel zu Boden. Sogleich war ihr bewusst, dass sie den Nassanzug trug: eng, dunkel, kalt. Getuschel. Die immense Stille machte sie benommen. Es ging kein Windhauch. *Sh'khol.*

Sie fuhr herum, riss sich los und rannte.

Als man sie zum zweiten Mal aus dem Wasser holte, eilte ein Mann hinzu, der sie, den Arm ausgestreckt, mit seinem Handy anvisierte und auf das Display starrte, während sie aus den flachen grauen Wellen gezogen wurde: Sie wusste, dass sie in wenigen Stunden in den Nachrichten sein würde.

Tomas, flüsterte sie, Tomas.

Ein Beruhigungsmittel benebelte sie. In der Ecke saß eine Polizistin, schweigend, aufmerksam, Untertasse und Teetasse in der Hand. Durch das große Fenster sah Rebecca Leute umhergehen und neugierige Blicke werfen. Einer machte sich anscheinend Notizen.

Die Polizisten hatten sich im Wohnzimmer eingerichtet. Ständig läutete irgendein Telefon. Wagen wendeten auf der schmalen

Straße vor dem Haus, die Reifen knirschten auf dem Kies der Einfahrt.

Draußen rauchte jemand, der Geruch zog durch das Haus. Sie stand auf und schloss das Schlafzimmerfenster.

Etwas ist vorbei, dachte sie. Etwas ist zu Ende. Sie konnte den Ursprung dieses Gefühls nicht finden.

Sie ging zur Tür. Die Polizistin entkreuzte die übereinandergeschlagenen Beine, stand aber nicht aus dem Korbsessel auf. Rebecca ging hinaus. Im Wohnzimmer trat Stille ein, nur das Funkgerät rauschte. Auf dem Tisch eine Weinflasche. Ein Partyhütchen. Das schmutzige Geschirr stapelte sich in der Spüle, in der kaltes Wasser stand.

Ich will bei der Suche dabei sein.

Es ist am besten, wenn Sie hierbleiben.

Er kann die Trillerpfeifen nicht hören, er ist taub.

Bleiben Sie hier im Haus, Mrs. Barrington.

Der plötzliche kalte Schmerz fühlte sich

an, als hätte sie auf ein Stück Aluminium gebissen.

Marcus. Ich heiße Marcus. Rebecca Marcus.

Sie stieß die Tür zu Tomas' Zimmer auf. Zwei Polizisten in Zivil wühlten in Schubladen. Auf dem Bett lag ein kleiner, mit Zahlen beschrifteter Plastikbeutel, darin ein paar Haare. Dünn und blond. Die beiden sahen sie an.

Ich will seinen Schlafanzug holen, sagte sie.

Tut mir leid, Miss. Sie dürfen nichts mitnehmen.

Ich will doch nur seinen Schlafanzug.

Eine Frage – wenn Sie nichts dagegen haben.

Einer der beiden trat auf sie zu. Ein Zimtgeruch, irgendwas Weihnachtliches. Er stellte die Frage scharf, als würde er ein Streichholz anreißen.

Woher haben Sie die Prellung da?

Ihre Hand flog zu ihrem Gesicht. Sie fühlte sich, als hätte man ihr irgendetwas Scharfkantiges aus dem Schlund gezogen und dabei den Gaumen aufgerissen.

Draußen hatte die frühe Abenddämmerung alles beschlagnahmt.

Keine Ahnung, sagte sie.

Eine Frau und ein Junge, allein in einem Haus an der Westküste. Leere Weinflaschen. Sie sah über die Schulter: Die Polizisten im Wohnzimmer musterten sie. Im Badezimmer wurden Pillenfläschchen geschüttelt. Eine Inventur der Medikamente. Ein anderer Beamter hatte sich ihr Bücherregal vorgenommen. *Die eisernen Berge*, *Natürliche Ernährung*, *Kaddisch*, *Das schöne Haus*, *Was vom Tage übrigblieb*. Sie stand also unter Verdacht. Plötzlich fühlte sie sich abgeschnitten. Sie straffte die Schultern und ging zurück ins Wohnzimmer.

Würden Sie dem Mann da draußen bitte sagen, dass er hier nicht rauchen soll?, sagte sie.

Er hielt vor der Einfahrt, hupte, ließ das Fenster herunter und winkte den Polizisten heran. *Ich bin der Vater.*

Den vom gelegentlichen Trinken herrührenden Ansatz von Hängebacken hatte Alan verloren. Die Schmalheit ließ ihn streng wirken. Sie forschte nach Resten seines alten Ichs, aber er war glattrasiert, und es war etwas durch und durch Affektiertes um ihn: das Tweedjacket, die schmale, hoch sitzende Krawatte, die Bügelfalte in der Hose. Er sah aus, als hätte er sich in die dritte Person gekleidet.

An der Tür vergrub er sein Gesicht in Tomas' Dufflecoat und sank theatralisch auf die Knie, wischte sich aber sorgfältig die Hose ab, als er sich erhob und ihr ins Schlafzimmer folgte.

Die Polizistin in der Ecke stand auf und lächelt nervös. Rebecca sah sich für einen Augenblick im Spiegel: verquollen, zerzaust.

Ich würde gern mit meiner Frau allein sein, sagte Alan.

Rebecca hob den Kopf. *Frau*: Es war wie ein Wort auf einem Stück Papier, das längst in die Finsternis geworfen worden war.

Alan rückte den Korbsessel zurecht und stieß einen tiefen Seufzer aus. Es war offensichtlich, dass er die kurze Erhöhung suchte, die mit dem Kummer einherging. Er brauchte den Verlust, er wollte sich mit ihm verbinden. Warum war sie nicht aufgewacht?, wollte er wissen. War ihre Schlafzimmertür offen oder geschlossen gewesen? Hatte sie den Wecker überhört? Hatte Tomas irgendwas gefrühstückt? Wie weit konnte er schwimmen? Warum hast du ihm keinen Anzug gekauft, der ihm passt? Warum hast du ihn nicht versteckt? Hast du ihm Grenzen gesetzt? Du weißt, dass er Grenzen braucht.

Sie dachte an dieses längst vergangene Leben in den Hügeln bei Dublin, an die blitzende Küche, die weißen Haushaltsgeräte, die deutschen Wagen in der gekiesten Einfahrt, die gestutzten Hecken, die Alarmanlage, die Kameras, die *Grenzen*, ja, sie dachte an die Grenzen und daran, wie weit man dieses Wort dehnen konnte, bevor es zerriss.

Hatte er seine Handschuhe an?

Hör auf, bitte, Alan.

Ich muss es wissen.

Die roten Ziffern des Weckers leuchteten. Zwölf Stunden waren vergangen. Sie legte sich auf das Bett.

Nein, er hat keine Handschuhe mitgenommen, Alan.

Sie brachte diese israelische Geschichte nicht aus dem Kopf. Ein palästinensisches Paar hatte im Verlauf von fünf Jahren beide Kinder durch Krankheit verloren: eines durch Lungenentzündung, das andere durch eine seltene Blutkrankheit. Es war eine einfache Geschichte – kurz, intim, ohne große Ambitionen. Der Vater arbeitete als Kranführer im Hafen von Haifa, die Mutter war Sekretärin in einer Firma, die Wellpappe herstellte. Ihr Leben war auf den Kopf gestellt worden. Der Vater packte alles, was seinen Kindern gehört hatte, in einen Container, den er mit seinem

Kran täglich an eine andere Stelle dicht am Meer stellte, wo er ihn, leuchtend gelb und verschlossen, behutsam absetzte.

Er fühlt sich unbesiegbar, nicht?

Herrgott, Alan.

Die Suchmannschaften waren entlang des Kliffs ausgeschwärmt. Man hört das hoffnungslose Schrillen ihrer Pfeifen, der Wind warf den Namen ihres Sohns zurück. Sie öffnete die Schiebetür zum Balkon. Der Himmel war mit roten Streifen durchsetzt. Ein Ahornzweig streifte ihre Wange. Sie hob den Arm. Ein heftiger Schmerz im Schulterblatt.

Zigarettenrauch hing in der Luft. Sie ging zur Rückseite des Hauses. Eine Frau. In Zivil. Die Pfiffe ertönten noch immer, kurz und scharf.

Ein Verlust hatte sich in ihr festgesetzt. Rebecca bat mit einer Geste um die Zigarette und nahm einen langen, tiefen Zug. Er schmeckte übel und schwer. Sie hatte seit Jahren nicht mehr geraucht.

Er ist taub, sagte sie und blies den Rauch zur Seite.

Eine Zärtlichkeit trat in den Blick der Polizistin. Rebecca kehrte zurück ins Haus, zog den Mantel an und ging zur Vordertür hinaus und in Richtung Kliff.

Ein Hubschrauber tauchte am dunklen Horizont auf, schwebte für eine Weile über dem Haus und richtete den Suchscheinwerfer auf die Mauern, bevor er abrupt abdrehte und weiter an der Küste entlangflog.

Sie gingen in Dreiergruppen und hielten sich an den Händen. Das Land war hügelig, steinig, voller Löcher. Hin und wieder hörte sie ein Keuchen von einer der benachbarten Gruppen, wenn einer über einen losen Stein, einen halb verrotteten Hummerkorb, einen Müllbeutel stolperte.

Die Mauern fühlten sich kalt an. Der Wind fuhr unter eine weggeworfene Plastikplane. Am Stacheldraht hingen winzige Flöckchen Schafwolle: ein Muster aus Rot und Blau.

Im letzten Abendlicht suchten im Zickzack fahrende Boote die entfernteren Strände ab, Dutzende schoben sich entlang der Küste durch die Wellen. Auf den alten Kähnen bimmelten die Glocken. Ein Hooker fuhr mit geblähten weißen Segeln vorbei. Eine Flotte von Kajaks kehrte dicht unter Land nach Hause zurück.

Der Mond ging rot auf: Seine Schönheit erschien ihr roh und kränkend. Sie wandte sich landeinwärts. Die beiden Detectives gingen neben ihr, sie fühlte sich, als würde sie von ihnen in der Schwebe gehalten. Bleiche Lichtkegel von Handlampen strichen durch die sich verdichtende Dunkelheit.

Bei einem verlassenen, von einem gewaltigen Rhododendron bedrängten Haus ohne Dach erhielten sie über Funk die Nachricht, man habe einen Nassanzug gefunden, over. Der eine Detective hielt einen Finger in die Luft, als wollte er die Windrichtung feststellen. Nein, keinen Nassanzug, sagte die Stimme, Achtung, nein, eine Bewegung, Achtung, Moment, Moment, etwas Lebendiges, eine Bewegung auf den Wellen, Achtung, ja, ein Körper, sie hatten einen Körper gefunden, over.

Der Detective wendete sich ab, trat in den überwucherten Eingang des Hauses, schirmte das Funkgerät mit der Hand ab und stand im Sternenlicht ganz still, bis die Korrektur kam: Negativ, negativ, ein Seehund, wiederhole, negativ, nur ein Seehund, over.

Rebecca kannte die Legenden über Selkies – mythische Wesen, die halb Mensch, halb Seehund waren. Sie stellte sich vor, wie Tomas durch das Wasser glitt, gestreckt, dunkel, unsichtbar.

Die Polizistin flüsterte ins Funkgerät: Verdammt, passt auf, was ihr sagt, wir haben die Mutter hier.

Das Wort lag ihr jetzt auf der Zunge: *Mutter, máthair, em.* Sie stapften weiter durch das ungeknickte Gras in die Tunnel ihrer Lampen.

Alans Kleider lagen zusammengefaltet auf dem Korbsessel. Er hatte die Knie angezogen. Aus dem Weiß seiner Kehle kam ein leises Keuchen. Auf ihrem Kissen lag ein Zettel: *Sie wollten mich nicht in Tomas' Zimmer schlafen lassen, weck mich, wenn du wieder da bist.* Darunter ein gekritzeltes *Bitte*.

Man hatte die Suche bis zum Morgen unterbrochen, doch sie hörte die Signale der Fischerboote entlang der Küste.

Rebecca zog ihre Schuhe aus und stellte sie vor den Kamin, in dem nur noch ein wenig Glut war, ein schwacher roter Schein. Die Säume ihrer Jeans waren nass und schwer von Schlamm. Sie zog sie nicht aus.

Sie legte sich auf das Bett, deckte sich mit einer Wolldecke zu und kehrte Alan den Rücken. Sie sah aus dem Fenster und wartete auf den Streifen Licht, der die Finsternis zerteilte. Eine Lampe, getragen von einer fahlen Gestalt. Vielleicht gab es neue Nachrichten. Am Steilhang hatte er das imaginäre Stöckchen kreisen lassen. Wo hatte er den Chaplin-Gang gelernt? Die schiere Überraschung. Das Unvorhersehbare. Kaspern an der Kante.

Aus dem Wohnzimmer drang immer wieder das Rauschen des Funkgeräts. Beinahe achtzehn Stunden.

Rebecca drückte das Gesicht tiefer ins Kissen. Alan bewegte sich unter der Bettdecke. Sein Arm legte sich auf ihre Schulter. Sie lag ganz still. Schlief er oder war er wach? Wie konnte er schlafen? Sein Arm spannte sich an. Die Hand wanderte zu ihrem Haar, seine Finger strichen über ihren Hals, der Daumen lag an ihrem Schlüsselbein.

Das war nicht Schlaf. Das war ganz und gar nicht Schlaf.

Sanft schob sie seinen Arm weg.

Eine zweite Lampe hüpfte am Fenster vorbei. Rebecca stand auf. Auf dem Frisiertisch lag eine Bürste mit goldglänzendem Rücken. In den Borsten hingen viele lange dunkle Haare. Sie bürstete nur eine Seite. Die nassen Hosensäume lagen kalt auf ihren nackten Füßen. Sie ging zum Korbsessel, deckte sich zu und starrte hinaus in die Dunkelheit der frühen Morgenstunden.

Als der Tag anbrach, wurde die Tür ein wenig geöffnet, und die Polizistin streckte den Kopf herein. Es war eine Wärme in dem, was zwischen ihnen hin und her flog. Alans bleiche Gestalt regte sich. Er murmelte etwas, das wie eine Entschuldigung klang. Sein Gesicht. Sein schütteres Haar. Er wirkte auf sie so zerbrechlich. Als könnte er sich jeden Moment auflösen.

In der Küche pfiff bereits der Wasserkessel. Auf der Theke stand eine Reihe Teetassen. Die Polizistin trat zu ihr und legte ihr die Hand auf den Arm. Ihre Blicke begegneten sich, ein kurzer Moment der Übereinstimmung.

Ich hoffe, Sie haben nichts dagegen. Wir waren so frei. Es gibt noch nichts Neues.

Das Wort *noch* ließ sie innerlich zusammenzucken. Irgendwann würde es etwas Neues geben. Es war unvermeidlich.

Wir haben eins von Tomas' Hemden aus dem Wäschebehälter genommen.

Warum?, fragte Rebecca.

Für die Hunde, sagte die Polizistin.

Plötzlich wollte Rebecca das Hemd in Händen halten, seinen Geruch einatmen. Sie griff nach dem Wasserkessel, um das Zittern aus ihren Händen zu überspielen. Dann würden später also Hunde die Landzunge absuchen. Nach ihrem Sohn. Sie warf einen Blick auf ihr Spiegelbild in der Fensterscheibe und sah nur ihn. Sein Gesicht war jetzt doppelt und dreifach gerahmt. Er war überall. Er rannte über die Landzunge, die Hunde hinterher, er war ein Widder, ein Falke, ein Reiher. Sie spürte eine Leichtigkeit. Sie flog eine Kurve. Ging in den Sturzflug. Ihre Hände packten den Rand der Theke. Der stete seidigglatte Sog des Meers. Die dunkelnde Unterwasserwelt. Ein Leichentuch aus Kälte. Der Leichenbeschauer, das Beerdigungsinstitut, die Kränze, die Grabstätte, die Beerdigung. Sie spürte, dass sie schwankte. Etwas brach an die Oberfläche. Ein Selkie, er schnappte nach Luft. Man führte sie zu einem Stuhl am Tisch.

Sie wollte sich vorbeugen, um Tee einzuschenken. Ringsum dröhnten Stimmen. Ihre Hände zitterten. Es gab keine Zukunft, über die man hätte flüstern können. Plötzlich kam ihr der Gedanke, es könnte kein Zucker im Haus sein. Sie brauchten doch Zucker für den Tee. Sie würde später mit Tomas zum Laden gehen. Und zum Zeitungsgeschäft. Ja, das würde sie. Landeinwärts auf der schmalen, kurvigen Straße. An dem weißen Bungalow vorbei. Über die Kreuzung mit der einzigen Verkehrsampel. Sie würde mit ihm am Metzgerladen vorbeigehen, an dem Schild, auf dem Ausflüge zu den Inseln angeboten wurden, an dem Buchmacher, dem geschlossenen Hotel, der Gasse mit den silbernen Fässern bis zum Zeitungsgeschäft. Das Klingeln des ankerförmigen Glöckchens. Der schwarzweiße Linoleumboden. Am Regal entlang. Der stechende Geruch von Paraffin. Vorbei an dem auf Hummerkörben stehenden Zeitungsständer. An den Körben hingen noch kurze blaue und orangerote Seile, Relikte des

Meers. Sie würde an den Nachrichten über sein Verschwinden vorbeigehen. Brot, Kekse, Suppe. Zu dem Regal, wo die gelben Zuckerpakete lagen. Wir brauchen unbedingt Zucker, Tomas, auf dem zweiten Brett von oben, glaub mir, sei ein guter Junge und hol ihn, geh nur, nimm ihn.

Sie war sich nicht sicher, ob sie laut gesprochen hatte oder nicht, doch als sie den Kopf hob, stand die Polizistin da, mit feuchten Augen, und hielt eins von Tomas' Hemden hoch. Die Knöpfe waren kalt: Rebecca drückte sie an ihre Wange.

Von der Straße kam das Geräusch schabender Zweige. Lieferwagentüren wurden geöffnet und zugeschlagen. Sie hörte ein Winseln und das Kratzen von Pfoten auf dem Kies.

Es war der zweite Morgen, den sie draußen verbrachte. Säulen aus Licht lagen über dem Meer. Das Gras am Kliff wellte sich in einem leichten Wind. Unter ihrem eigenen Hemd trug sie das von Tomas, eng und warm.

So viele Suchmannschaften an den Stränden. Lehrer. Bauern. Schulkinder, die sich an den Händen hielten. Die Zahl der Boote hatte sich verdreifacht.

Gegen Mittag war sie so erschöpft, dass man sie nach Hause brachte. Eine Stille ganz neuer Art hatte sich über das Haus gelegt. Die Polizisten kamen und gingen, als hätten sie es lange geübt. Sie schienen miteinander zu verschmelzen: fast als könnten sie die Gesichter tauschen. Es gelang ihr irgendwie, sie an der Art, wie sie Tee tranken, zu unterscheiden. Essen war abgegeben worden, mit Kärtchen von den Nachbarn. Obstschalen. Lasagne. Teebeutel und Kekse. Ein Korb voll Ballons mit einem von Kinderhand geschriebenen Gebet an den heiligen Christophorus.

Alan setzte sich neben sie auf das Sofa. Er legte seine Hand auf ihre. Er sagte, er werde sich um die Interviews kümmern. Sie brauche sich deswegen keine Sorgen zu machen.

Sie hörte das ferne Donnern der Brandung.

Das Brummen eines auf der Straße geparkten Übertragungswagens sickerte ins Haus.

Eine Sonntagszeitung rief an und bot Geld für ein Foto. Alan ging in eine Zimmerecke, schirmte das Telefon mit der Hand ab und flüsterte. Sie glaubte ihn weinen zu hören.

Die Blätter des israelischen Manuskripts lagen verstreut auf ihrem Schreibtisch, daneben aufgeschlagen Mandelstams Erinnerungen, zu etwa einem Viertel gelesen. Russland, dachte sie. Sie würde die Leute in Wladiwostok benachrichtigen müssen, berichten, was geschehen war, Formulare ausfüllen. Das Waisenhaus. Die geborstenen Stufen. Die hohen Fenster. Die ockergelben Wände. Das große Bild in der Eingangshalle: die Amurbucht im Sommer, auf dem Wasser ein Segelboot, Wasser, immer Wasser. Sie würde die Mutter und den Vater ausfindig machen und ihnen erklären, dass ihr Sohn beim Schwimmen vor der Westküste Irlands verschwunden war. Eine kleine Wohnung im Zentrum, ein niedriger Couchtisch, ein voller Aschenbecher, die Mutter bleich und verschlossen, der Vater feist, ein Schlägertyp. Meine Schuld. Ich habe ihm einen Nassanzug geschenkt. Alles nur meine Schuld. Vergebt mir.

Sie wollte den Tag zurückspulen, die Helligkeit des Morgens zurückgewinnen, seine Möglichkeiten, das Ritual des Tee-Einschenkens, doch sie war nicht überrascht, als sich die Dämmerung herabsenkte. Beinahe zwei Tage jetzt.

Alan saß in der Ecke und schmiegte sich um sein Handy. Sie empfand beinahe Trauer um ihn – das geflüsterte *Schatz*, die eindringlichen Erklärungen, die Diskussionen mit seinen kleinen Kindern.

Als sie in der Nacht neben ihm lag, ließ sie es zu, dass er seinen Arm um ihre Taille legte. Der schlichte Trost, der darin lag. Wieder murmelte er ihren Namen, doch sie drehte sich nicht um.

Bei Tagesanbruch zählte sie die Stunden zusammen: achtundvierzig.

Rebecca stand auf und trat hinaus in den Morgen, der Tau durchnässte ihre Turnschuhe. Auf der Straße, außer Sicht, summte der Übertragungswagen. Sie ging über den Viehrost und spürte die Stahlrohre unter den Fußsohlen. Ein matschiger Feldweg führte den Hügel hinauf. Das Gras in der Mitte war grün und unberührt. Auf den Feldsteinmauern lag dick das Moos.

In einer hohen Hecke hatte sich ein Plastikfetzen verfangen. Sie reckte sich, zog ihn heraus und steckte ihn in die Tasche, sie hätte nicht sagen können, warum.

Von den Zweigen der nahen Bäume tropfte es. Ein paar Vögel markierten ihr Revier mit morgendlichem Gesang. Auf diesem Teil des Wegs war sie erst einmal gefahren. Früher einmal war es einer der Hungerwege gewesen, die zu den Auswandererschiffen führten.

Rebecca blieb für eine Weile stehen: Das Summen des Übertragungswagens schien den Rhythmus der Brandung auszulöschen.

Vorgebeugt marschierte sie den steilen Hügel hinauf, öffnete das rote Gatter und stakste durch den Schlamm. Der Riegel schnappte exakt ein. Sie ging auf dem grasbewachsenen Mittelstreifen und um die zweite Biegung, wo der Übertragungswagen mit laufendem Motor neben einer Hecke geparkt war. Drinnen saßen, durch die durchsichtigen Gardinen als Silhouetten zu erkennen, drei Gestalten und spielten Karten. Die Gardinen bewegten sich, die Gestalten waren reglos. Auf dem Vordersitz saß zusammengesunken ein Mann und schlief.

Ein paar Teenager standen hinter dem Wagen und teilten sich eine Zigarette, ihr Atem trieb als weiße Wölkchen durch die Luft. Als sie näher kam, stießen sie einander an.

Entgeistert blieb sie stehen. Allein, lässig schlendernd, erschien er hinter den Teenagern, von diesen unbemerkt. Ein brauner Jagdanorak hing über seinen Schultern. Darunter trug er ein Sweatshirt mit Kapuze. Er hatte die Hosenbeine hochgekrempelt. Seine Stiefel waren offen, die Laschen hingen seitlich heraus. Dampf stieg von ihm auf, als wäre er schon lange unterwegs.

Sein Mund war leicht geöffnet, die Lippen waren feucht. Dreck und Blätter im Haar. Unter dem rechten Arm ein großes Bündel. Es wollte ihm entgleiten, er musste nachfassen. Ein langer grauer Streifen. Der Nassanzug. Er trug den Nassanzug unter dem Arm.

Er hatte sie noch nicht bemerkt. Sein Körper schien seinen Schatten hinter sich herzuziehen: Der folgte ihm langsam, widerwillig, aber scharf umrissen. *Sh'khol.* In diesem Augenblick fiel ihr die richtige Übersetzung ein. *Umschattet.*

Hinter ihr wurde die Tür des Übertragungswagens geöffnet. Man rief ihren Namen. Mrs. Barrington. Sie drehte sich nicht um. Sie fühlte sich, als würde sie in einem schleudernden Wagen sitzen.

Hinter ihr war Bewegung: Zwei, drei, vier Leute stiegen aus dem Wagen. Die Unmöglichkeit, seinen Namen auszusprechen. Tomas. Bist du das? Hier, Tomas. Einer der

Teenager schrie auf. Seht doch, da. Sie holten die Handys hervor. Tomas! Tomas! Hier, Tomas.

Das pelzige Mikrofon wurde über ihren Kopf geschwenkt und senkte sich vor ihrem Gesicht, doch sie schob es beiseite. Ein Kameramann rempelte sie an. Noch ein Schrei. Sie setzte sich in Bewegung. Ihre Füße glitten im Matsch aus.

Tomas wandte sich um. Eine Woge der Freude durchlief sie, als sie ihn in die Arme schloss.

Sie hielt sein Gesicht in beiden Händen. Wie blass, wie weiß seine Augen waren. Sein Blick gehörte einem anderen: einem Jungen, der eine andere Erfahrung gemacht hatte.

Er gab ihr den Anzug. Er war kalt und trocken.

Die Nachricht war ihnen vorausgeeilt. Als sie in den Garten traten, ertönten Jubelschreie. Alan kam im Pyjama aus dem Haus gerannt, blieb, als er die Kameras sah, wie angewurzelt stehen und legte die Hände über den offenen Hosenschlitz.

Rebecca schob Tomas durch die sich bildende Gasse. Sie hatte einen Arm fest um seine Schultern gelegt und führte ihn zur Tür.

Drinnen lag ein Lichtschein auf dem Boden. In der Mitte des Wohnzimmers stand eine Polizeibeamtin in Zivil. Ihr Namensschildchen funkelte. Detective Harnon. Rebecca wurde mit einem Mal bewusst, dass sie Dinge wieder benennen konnte: Menschen, Worte, Ideen. Eine Wärme breitete sich auf ihrem Rücken aus.

Tomas' Kleider verströmten einen Geruch nach Torfrauch. Es war, wie ihr später klar wurde, einer der wenigen Hinweise.

Hinter ihr drängten Leute herein. Am großen Fenster erschien ein Fotograf. Überall läuteten Handys. Der Kessel auf dem Herd pfiff. Tomas war ängstlich und angespannt. Sie musste mit ihm allein sein. Der Fotograf hielt seine Kamera ans Fenster. Als der Blitz aufflammte, riss sie Tomas herum.

Das Morgenlicht drückte seinen Stempel in kleinen Rechtecken auf den Boden des Schlafzimmers. Rebecca schloss die Jalousie. Der Helm lag noch auf dem Bett. Sein Pyjama war ordentlich zusammengefaltet auf dem Stuhl. Sie ignorierte das Klopfen an der Tür. Er zitterte jetzt. Sie hielt sein Gesicht. Küsste ihn.

Die Tür wurde zögernd geöffnet.

Lassen Sie uns bitte allein. Bitte.

Sie strich ihm über die Wange. Nahm die braune Jacke von seinen Schultern. Eine Jagdjacke. Sie durchsuchte die Taschen. Ein paar Fussel. Verfilzte Haare. Ein nasses Streichholzbriefchen. Er hob die Arme. Sie zog ihm das Sweatshirt aus. Seine Haut war kalt und straff.

Ein Stück von einem Blatt löste sich aus seinen Haaren und fiel zu Boden. Sie drehte ihn um, musterte Rücken, Nacken, Schulterblätter. Nichts. Kein Schnitt, kein Kratzer.

Sie betrachtete seine Hose. Eine Jeans. Viel zu groß. Eine Männergröße. Gehalten von einem alten roten Gürtel mit goldener Schnalle. Etwas aus einer anderen Zeit. Auffällig. Alt. Ein kalter Schauer überlief sie.

Nein, sagte sie. Bitte nicht.

Sie streckte die Hand nach ihm aus, aber er schob sie fort. Wieder wurde die Tür geöffnet. Sie drehte sich um und sah Alan: die Anspannung in seinem Gesicht, die kleinen braunen Augen.

Wir brauchen eine Beamtin, sagte sie. Sofort.

Im Krankenhaus war es noch immer heller Morgen, und in den niedrigen Korridoren stand die Luft, und überall waren Fußspuren, und die gelben Wände beengten sie, und der stechende Geruch nach Desinfektionsmitteln zwang sie, zum Fenster zu gehen, und die Bäume draußen standen reglos, und die Möwen schwebten schreiend über den Dächern, und sie stand da, in Erwartung des Unvorstellbaren, einem Gewirr aus Hörensagen, Indizien und Tatsachen, und wartete auf die

Ärzte, und die Minuten schleppten sich dahin, und Schwestern gingen vorbei, und Rollbahren ratterten, und Pfleger schoben schwere Wagen, und der nie versiegende Strom menschlichen Elends wälzte sich durch den Wartebereich, jede Geschichte, jede Nuance, jeder Pulsschlag der Stadt hämmerte gegen das Drahtglas der Fensterscheiben.

Das Wasser strömte klar und in dickem Strahl aus dem Hahn. Sie prüfte die Temperatur mit dem Handgelenk. Tomas kam ins Badezimmer, ließ den roten Pullover fallen und stieg aus der khakibraunen Hose. In seinem weißen Hemd stand er da und fummelte an den Knöpfen herum.

Sie wollte ihm helfen, aber er wich zurück und machte Gebärden, sie solle hinausgehen, während er sich die Badehose anzog. Die wollte er jetzt also tragen, wenn sie ihn wusch. Warum nicht?, dachte sie.

Im Haus war wieder Stille eingekehrt. Nur noch das Geräusch der Brandung. Sie schaltete ihr neues Handy ein. Ein Dutzend Nachrichten. Sie würde sich später darum kümmern.

Nach einer Weile öffnete sie die Tür des Badezimmers und hielt sich dabei mit einer Hand die Augen zu.

Ta-daa!, sagte sie.

Blass und dünn stand er vor ihr. Die Badehose war ihm viel zu eng. Auf seinem flachen Bauch sah sie eine Linie winziger, feiner Haare, die bis zum Nabel verlief. Er trat von einem Bein aufs andere und hielt die Hände vor der Hose gefaltet.

Er war unversehrt. Das hatte Detective Harnon gesagt. Er war leicht dehydriert, aber im Übrigen unversehrt. Kein Missbrauch. Keine Verletzungen. Sie hatten alle möglichen Untersuchungen vorgenommen. Später hatte die Polizei im Dorf herumgefragt. Es war nichts dabei herausgekommen. Keine weiteren Hinweise.

Nächste Woche sollte noch eine Untersuchung stattfinden. Durch einen Psychologen, hatten sie gesagt. Durch jemand, der vielleicht imstande war, das Geschehene zu rekonstruieren. Doch Rebecca wusste, dass man nie eine Antwort finden würde. Auch mit einer Vielzahl von Untersuchungen würde man dieses Rätsel nicht lösen. Nicht mit Fotos, mit Landkarten, mit Spaziergängen entlang der Küste. Bald würde sie wieder mit ihm schwimmen gehen. Sie würden langsam ins Meer waten. Sie würde zusehen, wie er vorsichtig die Felsnadel umrundete. Sie würde ihm zeigen, wo die Strömung verlief. Vielleicht würde sie irgendwann einmal auf etwas Erhellendes stoßen, doch ihr war bewusst, dass sie es letztlich nie begreifen würde.

Der simple Segen seiner Rückkehr reichte ihr. *Ich lebe, ich atme, ich gehe, ich kehre zurück, ich bin jetzt hier.* Sonst nichts.

Erneut prüfte Rebecca die Wassertemperatur. Sie half Tomas, als er in die Wanne stieg. Er hatte eine Gänsehaut. Unter der blassen Haut zeichneten sich seine Rippen scharf ab.

Er verlor das Gleichgewicht und musste sich auf sie stützen. Auf ihren nackten Füßen fühlte sich das Wasser, das von seinen Zehen spritzte, kalt an. Sie legte ihm ein Handtuch um die Schultern, damit er nicht fror, und führte ihn zur Wanne. Schließlich stand er mit beiden Füßen im Wasser und ließ die Wärme in seinem Körper aufsteigen. Wieder faltete er die Hände vor der Hose. Sie legte ihm die Hand auf die Schulter und brachte ihn mit sanfter Beharrlichkeit dazu, sich hinzuknien.

Er beugte sich vornüber ins Wasser.

Sehr gut, sagte sie auf Hebräisch. Dann werde ich diesen Jungen jetzt mal waschen.

Sie setzte sich auf den Wannenrand, massierte seine Schultern, fuhr mit dem Bimsstein über seinen Rücken und wusch ihm die Haare. Seine Haut war so durchscheinend. Die Luft in seinen Lungen weitete seinen Rücken. Sie gab eine Spülung auf sein Haar. Es war dick und lang. Sie würde es demnächst schneiden müssen.

Tomas grunzte, beugte sich vor und drückte die Hände in den Schoß. Seine Schultern spannten sich an. Erst da begriff sie. Er beugte sich vor, weil er sich verbergen wollte. Rebecca stand auf, wandte den Blick ab und reichte ihm Seife und Schwamm.

Man kann nicht immer ein Kind bleiben. Eine Mutter schon.

Das musst du jetzt selbst machen, sagte sie.

Sie ging hinaus, schloss die Tür, stand im Flur und lauschte auf das heftige Atmen und das unaufhörliche Plätschern des Wassers, auf den Rhythmus, der das leise Donnern der Brandung auslöschte.

Spaziergänge mit Colum

von Nikolaus Hansen

Vorbemerkung

Ich habe mit Colum McCann unzählige Spaziergänge, manchmal auch kleine Wanderungen unternommen. Mit diesem Mann kann man natürlich ebenso gut am Tisch sitzen und fabelhaft reden, aber wir beide hatten die Erfahrung miteinander gemacht, dass unseren Gesprächen die spazierende Bewegung guttat. Von sieben dieser Wege möchte ich hier erzählen.

I – Frankfurt, Buchmesse, Oktober 1996

Unser erster Spaziergang führt vom Hessischen Hof in die Siesmayerstraße, wo der Rowohlt Verlag alljährlich ein rauschendes Messefest schmeißt. Seit Januar bin ich Verleger dieses großmeisterlichen Unternehmens der Buchbranche – und entsprechend nervös. Colum McCann, dessen erster Roman, *Gesang der Kojoten*, im März bei uns erschienen ist, absolviert seine erste Lese- und Pressereise. Und während sonst auf der Buchmesse jeder, der was auf sich hält, auch die kleinsten Strecken mit Taxi oder ›Limo‹ zurücklegt, sind wir uns sofort einig, dass wir die knappe halbe Stunde zu Fuß laufen – und damit nimmt die gemeinsame Spaziergeherei ihren Anfang. Unterwegs versuche ich, kluge Nettigkeiten über den viel beachteten Debütroman des jungen Iren zu äußern und mich zugleich auf meine ›Antrittsrede‹ zu konzentrieren, die ich in ein paar Minuten werde halten müssen. Colum bemerkt natürlich mein wortkarges Gebaren, doch reagiert er nicht etwa mit respektvollem Schweigen – nein, er wählt die Methode der substantiellen Ablenkung: Er erzählt mir die Geschichte, wie Farmer in Wyoming Kojoten erschossen und sie im

Schnee liegen und langsam verwesen ließen – zur Warnung an andere Kojoten, dem Feld fernzubleiben. Denn, so McCann, ›Kojoten sind nicht so töricht wie wir – sie betreten keinen Ort, wo die Toten gewesen sind. Sie ziehen weiter und singen anderswo.‹ Eine Metapher für meine Idee der Verlegerei, die ich kurz darauf in meiner Ansprache zitieren sollte (nein, natürlich nicht in dem Sinne, dass man tote Autoren nicht verlegen oder dass man andauernd den Verlag wechseln soll, wenn man beim letzten eine Leiche im Keller hat. Eher so: Wie unvorstellbar wohltuend kann es sein, wenn man begriffen hat, dass etwas vorbei, erledigt, tot ist und dann befreit weiterziehen und seinen Gesang anderswo anstimmen kann – das gilt für Verleger ebenso wie für Autoren …).

II – Brooklyn, im März 1998

Wir treffen uns morgens um acht an der Canal Street und laufen über die Manhattan Bridge. Wir wandern über die Brooklyn Heights zum Red Hook, dann rauf zum Park Slope und zum Prospect Park. Natürlich reden wir über unsere noch jungen Ehen, über die fast gleichaltrigen Kinder, doch irgendwann rücke ich mit meinem Problem heraus: Colum hat im Jahr zuvor in Amerika mit beträchtlichem Erfolg seinen zweiten Roman veröffentlicht, *This Side of Brightness*; im Herbst soll das Buch bei Rowohlt erscheinen, doch der Titel ist unübersetzbar. Uns fällt keine gute Lösung ein im Verlag. Die Zeit drängt. Was tun?

Colum reagiert wieder ganz pragmatisch und fängt an zu erzählen – zu erzählen von seinen Recherchen, die einen erschütternden und tiefgreifenden Eindruck in ihm hinterlassen haben. Ein Teil der Geschichte spielt 1916 in New York: Beim Bau eines Subway-Tunnels unter dem East River entweicht eine Luftblase und reißt in ihrem Sog einige Arbeiter mit; in einem sprühenden Geysir von Schlamm, Steinen und Trümmern werden die Männer nach oben katapultiert – diese Geschichte hatte mir Colum schon in den schillerndsten Farben geschildert, als wir eben die Manhattan Bridge überquerten. Wir starrten hinunter in den East River, als könne sich das Unglück jeden Moment wiederholen und ein solcher Geysir unter uns emporschießen.

Doch im Wesentlichen handelt der Roman von denen, die heute die verlassenen Gewölbe, die stillgelegten Gleise und vergessenen Wagons in dem gigantischen Tunnellabyrinth unter der Stadt bevölkern – während Colum von seinen unterirdischen Begegnungen erzählt, fällt es mir zunehmend schwerer zu glauben, dass es sich bei den Gestalten in seinem Buch um Romanfiguren handelt: In einem hochgelegenen Tunnelnest unter dem Hudson wohnt Treefrog. Er kann sich noch gut an die Welt dort oben über der Finsternis erinnern, da er als Stahlbauer die Hochhäuser Manhattans in den Himmel zog. Jetzt donnern über ihm die Züge, und unter ihm hausen die Nachbarn: Dean, der Müllsammler; Papa Love, der Maler, der eine von Dalís weichen Uhren auf die Tunnelwand gepinselt hat; und Elijah, der Jähzornige, der eines Tages eine Frau bei sich aufnimmt – Angela, die Treefrog an seine eigene Frau, oben in der Stadt, erinnert. Als Angela für eine Nacht zu ihm in die Höhle hinaufklettert, erzählt ihr Treefrog seine Geschichte …

So, wie Colum seine empathische Recherche schildert, bei der er zahllose der Tunnelbewohner nicht nur kennengelernt, sondern als Freunde gewonnen hat, ›zu deren Herzen und Erinnerungen‹ er Zugang fand, entsteht der Eindruck, dass diese Leute da unten in einer Art ganz eigenem Himmelreich wohnen, das sie unter keinen Umständen verlassen würden.

Wir wandern zurück über die Bedford Avenue und die Williamsburg Bridge. Dann die East Side von Manhattan rauf – gegen fünf am Nachmittag (›pub time, Niko, sure!‹) landen wir ungefähr auf Höhe der 12th Street in einem irischen Pub, den Colum wie zufällig ansteuert, wo er aber von Wirt und Gästen als sehr alter und sehr guter Bekannter begrüßt wird … Während es um mich herum auf Irisch schnattert und juchzt, geht mir das Himmelreich der Tunnelbewohner nicht aus dem Kopf, und plötzlich löst sich mein Problem wie von selbst: *Der Himmel unter der Stadt* wird der deutsche Titel des Buches.

Später sollte Frank McCourt sagen: ›Ein Roman über New York City, über die Liebe und über Männer, die beim Bau von Wolkenkratzern Hunderte von Metern über der Stadt auf Gerüsten tanzen. Und das erste authentische Buch über Obdachlosigkeit, über das Leben unter und jenseits dieser reichen Stadt. Man spürt, dass Colum McCann dort unten gewesen ist …‹.

III – Harlem, im Mai 2002

Colum hat seit Neuestem ein Schriftsteller-Büro, weil es ihm zu Hause mit den beiden Winzlingen zu unruhig ist. Ein Brownstone in den Achtziger Straßen East, direkt am Central Park – darin ein winziger Raum mit Tisch und Stuhl und Wasserspeiern vor den Fenstern und Blick über den Park; er hat die Klause irgendeinem gutmeinenden Kulturinstitut abgequatscht.

Heute ist Harlem unser Ziel – wir laufen durch den Central Park nordwärts, dann weiter die Lenox Avenue rauf und von dort aus rüber zum City College mit seinem herrlichen Park. Alles ist friedlich, idyllisch – fast bin ich enttäuscht, weil ich mir unter Harlem ganz andere Abgründe vorgestellt hatte. Doch ab und zu packt mich Colum beim Ellenbogen und bedeutet mir, die Straßenseite zu wechseln – beschleunigt dabei manchmal sogar den Schritt –, wenn ich mich nach dem Grund umschaue, bemerke ich vor einem

Kiosk oder Supermarkt ein paar dunkle Gestalten, die sich in meiner Wahrnehmung kein bisschen von all den anderen dunklen Gestalten unterscheiden, denen wir hier ständig begegnen. Doch dann ruft einer hinter uns her, Gelächter, obszöne Gesten, ein paar Ausfallschritte in unsere Richtung, ein Turnschuh fliegt.

Was mich völlig überrascht, hat Colum vorab bemerkt, aus dem Augenwinkel, noch ehe irgendetwas zu hören oder zu erkennen gewesen war – und das, während er die ganze Zeit mit großer Intensität und Anteilnahme von dem Balletttänzer Nurejew erzählt: Im Falle dieses Mannes sucht er die Nähe nicht per Recherche (Nurejew ist seit 1993 tot). Er entfaltet seine Empathie mit dem in der Sowjetunion in bitterer Armut aufwachsenden Jungen (Vater Soldat, Geburt in einem Zug der Transsibirischen Eisenbahn), der später in Paris in Ruhm und Größenwahn zu ersaufen drohte (einmal applaudierte das Publikum vierzig Minuten lang) und schließlich an Aids starb, er entfaltet seine Empathie, indem er die privaten, die ›sprechenden‹ Szenen erzählt (›Jagger versuchte mir zu sagen, er habe bei der Betrachtung des Tanzes das Gefühl gehabt, der Wirklichkeit enthoben zu sein – wunschlos glücklich ohne Alkohol, Gitarren und all das …‹); indem er Zeitgenossen des Stars zu Wort kommen lässt (›Was? Schleppt der Junge seine Knochen noch immer durch die Stadt?‹ Truman Capote, 1982); und mit nüchternen Aufzählungen:

– *Was in seiner ersten Saison in Paris auf die Bühne geworfen wurde (eine Auswahl)*: zehn mit einem Gummiband umwickelte Hundertfrancscheine + ein Päckchen russischer Tee + einige mit Pfeffer gefüllte Papierbomben + Todesdrohungen + Hotelschlüssel + Liebesbriefe + und am fünfzehnten Abend eine langstielige vergoldete Rose;
– *Sein Sammelwahn*: es beginnt mit Schals, dunklen Schals … + er kauft antike eng-

lische Bücherregale und Klapptische + jahrhundertealte rumänische Gläser + ein kaiserliches Tafelservice aus Österreich + handgeschriebene Partituren + alte Akkordeons + Violinen + Balalaikas + Flöten + Fideln ... + und in Wales, wo es noch handwerkliche Meisterschaft und Achtung vor der Form gibt, baut Llewelyn Harris aus Cardiff einen Modelleisenbahnzug für ihn, so wirklichkeitsgetreu, dass er sich, wenn er ihn auf dem Fußboden aufstellt, manchmal daran erinnert, wie er mit sechs Jahren auf dem Hügel über Ufa gesessen und gewartet hat;

- als 1995 die Nurejew-Sammlung in New York und London versteigert wird, erzielt zum Beispiel Lot 1088 (sechs Paar Ballettschuhe/Schätzwert 2300–3000 Dollar) einen Preis von 44648 Dollar.

Der Roman *Der Tänzer* erscheint 2003 und ist ein weiteres Beispiel für McCanns einzigartige Fähigkeit, ›Historie und Fiktion zu einer ganzen Welt zu verschmelzen‹, wie damals der *Focus* schreibt.

IV – Central Park, Manhattan, Juni 2003

Es gibt Wichtiges zu besprechen, aber Colum und ich haben beide keine Zeit für eine unserer ganztägigen NYC-Wanderungen. Eine zweistündige Umrundung des Jacqueline Kennedy-Onassis Reservoir im Central Park muss reichen. Das Kuriose an diesem Weg ist, dass wir die einzigen Spaziergänger sind, dafür aber im Sekundentakt Joggern begegnen respektive von welchen überholt werden. Colum weiß natürlich längst, dass ich seit drei Jahren nicht mehr sein deutscher Verleger bin, aber was ich nun tue, begeistert ihn sofort – ich habe einen Verlag gegründet, in dem nur Bücher erscheinen, in denen das Meer eine ›tragende‹ Rolle spielt; und ich lade Schriftsteller aus aller Welt ein, mir ›ihre Geschichte mit dem Meer‹ aufzuschreiben (in

Form von Novellen, kleinen Romanen, autobiographischen Erzählungen, Anthologien, Tagebuchstücken, was immer … – namhafte Autorinnen und Autoren wie David Foster Wallace, Antje Rávic Strubel, Robert Gernhardt, Louis Begley, Felicitas Hoppe, Jon Fosse, Denis Johnson sind schon in der Reihe erschienen), und natürlich möchte ich auch Colum gewinnen.

Er zögert, hat eigentlich nie was über das Meer geschrieben, wie er sagt, ›… im Grunde war das mit dem Meer wie mit meiner Familie: Beide waren da, doch ich war mir ihrer nie wirklich bewusst. Und obgleich ich beide, sowohl das Meer als auch meine Familie, sehr gernhatte, fand ich sie bei weitem nicht so spannend wie Flüsse oder andere Familien.‹

Sprichts und beginnt eine Geschichte zu erzählen, die Geschichte von einem deutschen U-Boot, dessen Offiziere im neutralen Irland 1941 oder 1942 an Land gehen, was streng verboten ist. Der Kapitän lernt den

Pubbesitzer am Ort kennen, die beiden erzählen sich von ihren kleinen Söhnen, am Ende gibt der Kapitän dem irischen Wirt einen Brief mit der Bitte, diesen an seine Frau in Dresden auf den Weg zu bringen, wenn er sich in diesem Pub in den nächsten Monaten nicht wieder blicken ließe. Nach Kriegsende – der Kapitän hat sich nicht wieder blicken lassen, ist also wohl tot – schickt der Wirt den Brief ab, der jedoch wieder und wieder zurückkommt. Schließlich macht sich der Wirt selbst auf den Weg nach Dresden, erfährt, dass die Frau bei einem Bombenangriff 1944 ums Leben gekommen ist – hier hätte das Ende der Geschichte sein können: Ein trauriger Mann kehrt in sein Heimatland zurück in dem Wissen, dass der Krieg uns allen Entsetzliches antut. Aber – wie John Berger weiß – Geschichten enden nicht. Sie stoßen an andere Geschichten und gehen weiter.

Der Wirt bleibt in Dresden, denn er erinnert sich daran, dass der Kapitän von einem

Sohn erzählt hatte – den findet er in einem Dresdner Waisenhaus und nimmt ihn mit nach Irland – dort wachsen er und der Sohn des Wirts wie Brüder auf, sie erben den Pub, sie sind Männer, die langsam alt werden. Und die Geschichte geht immer weiter.

›Die Geschichte soll wahr sein, größtenteils jedenfalls‹, sagt Colum und lächelt ein wenig verlegen, ›doch hält sie für mich mehr Fragen als Antworten bereit, aber in Irland ist eine gut erzählte Geschichte stets so viel wert wie tausend belegte Tatsachen.‹

Noch ehe wir das Jacqueline Kennedy-Onassis Reservoir fertig umrundet haben, sind wir uns einig, dass Colum aus der ›wahren‹ Geschichte vom deutschen U-Boot-Kapitän und vom irischen Wirt eine Novelle machen wird, die in meinem Verlag erscheint.

Ein paar Monate später bekomme ich einen dicken Umschlag aus New York – darin ein langes, ›Wege zum Meer‹ überschriebenes Vorwort, in dem McCann seine Beziehung zum Meer (›es ist mit dem Meer wie mit meiner Familie‹) schildert und die Geschichte vom Kapitän und vom Wirt erzählt. Außerdem lag in dem Umschlag die deutschsprachige Kopie einer Geschichte mit dem Titel *Hungerstreik* – auf dem Deckblatt hatte Colum handschriftlich notiert: ›Dear Niko, nachdem ich zu dem Schluss gekommen war, dass *Hungerstreik* die Geschichte mit dem Meer war, die ich erzählen wollte, kehrte das Meer meiner Kindheit zu mir zurück.‹

Ich kannte diese Geschichte, sie war im Jahr 2001 bei Rowohlt in dem Erzählungsband *Wie alles in diesem Land* erschienen, und ich hatte sie mit Begeisterung und großer Bewegtheit gelesen – sie spielt in Galway, wo Colum aufgewachsen ist, und handelt von einem Jungen aus Nordirland, der … Aber das ist eine andere Geschichte.

V – Hamburg, 2007

Colum McCann ist auf Lesereise in Deutschland, um seinen neuen Roman *Zoli* vorzustellen – in Hamburg treffen wir uns auf einen Spaziergang um die Außenalster. Es ist nieselig, typisches Hamburger Wetter, das passt zu der zutiefst traurigen Geschichte dieses Romans: Wieder hat sich Colum ein großes – europäisches – Thema vorgenommen, das er an einem auf Tatsachen beruhenden Einzelschicksal exemplifiziert: Zoli ist Roma und schon als Mädchen eine betörende Sängerin von Roma-Liedern; sie überlebt den Holocaust in den Wäldern um Bratislava und zieht nach dem Krieg das Misstrauen ihres eigenen Volkes wie auch der sozialistischen Regierung auf sich, weil sie die bislang nirgends schriftlich festgehaltenen Roma-Gesänge in Gedichtform publizieren will – am Ende flieht sie in den vermeintlich goldenen Westen, wo sie, wie wir uns alle vorstellen können, auf neue Ressentiments stößt.

Und immer wieder – typisch für Colum McCann – Dokumente des Schreckens, die davon Zeugnis geben, was Menschen Menschen anzutun in der Lage sind. Bei der Lesung am Vorabend im Hamburger Literaturhaus hatte er von folgender Szene aus der Tschechoslowakei erzählt: ›Einer hielt ihren Arm. Ein anderer hielt die Zange. Sie rissen ihr einen Fingernagel nach dem anderen aus, bis auf den am kleinen Finger ihrer linken Hand – damit sie sich kratzen könne, wenn sie dieses Zigeunerjucken verspüre. Sie zogen ihre Fingernägel auf eine Schnur und hängten sie ihr um den Hals ...‹ Geschichte, eine Geschichte, auch unsere Geschichte.

Als wir nieseldurchnässt auf einen Tee im Alsterpavillon einkehren, beugt sich Colum plötzlich ganz nah herüber zu meinem Ohr und sagte: ›Was hältst du davon?‹, und er erzählte mir in knappen Worten die inzwischen weltberühmte, damals noch wenig bekannte Geschichte: Am Morgen des 7. August 1974 wanderte der französische Hochseilartist Philippe Petit ohne Sicherung und in 417 Metern Höhe auf einem zwischen die Zwillingstürme des World Trade Center selbst und illegal gespannten Stahlseil insgesamt acht Mal von Dach zu Dach – siebenundzwanzig Jahre vor Nine-Eleven. ›Das soll mein nächstes Buch werden – was meinst du?‹ Einem Mann wie Colum McCann von einem einmal ernsthaft geplanten Projekt abzuraten ist aussichtslos, so viel wusste ich über ihn, so gut kannte ich ihn. Aber warum sollte ich auch. Die Geschichte war groß – es entstand daraus ein großes Buch.

2009 erscheint *Let the Great World Spin/ Die große Welt* in Amerika und Deutschland mit überwältigendem Erfolg. Im selben Jahr wird der Roman mit dem National Book Award, dem wichtigsten amerikanischen Literaturpreis, ausgezeichnet. ›Da muss erst ein Ire kommen, um einen der größten New York-Romane überhaupt zu schreiben‹, äußerte kurz darauf Dave Eggers …

VI – Manhattan, Upper East Side, Mai 2011

Dies ist kaum ein Spaziergang zu nennen, wir müssen nur ein paar Schritte gehen, um von der Wohnung der McCanns zur Wohnung von Anka Muhlstein und Louis Begley zu gelangen, wo wir zum Abendessen eingeladen sind. Ich hole Colum und seine Frau Allison in ihrer Wohnung in der 86th Street ab und bin ein bisschen nervös. Es ist das erste Mal, dass ich den nun *richtig* berühmten Schriftsteller nach Erhalt der großen Auszeichnung wiedersehe. Aber alles ist wie immer. Im Wohnzimmer liegt das Zeug der Kinder rum, die alle ausgeflogen sind. Colum zeigt mir voller Stolz die Kinderzimmer, die ich schon oft besichtigt habe, schon als Isabella erst sechs war und wir beiden Väter längst entschieden hatten, dass sie und mein gleichaltriger Sohn Timmy einmal ein Paar würden, auch wenn sich Isabella desinteressiert abwandte, wenn ich ihr Bilder ihres zukünftigen Gatten zeigte; inzwischen sind aus den

Kinderzimmern die Zimmer junger Erwachsener geworden – aber oben auf den Schränken stehen bei Isabella und John Michael immer noch die riesigen kitschig vergoldeten Pokalmonster, die die beiden Geschwister mit ihrer ungewöhnlichen Begabung bei zahllosen Schachturnieren gewonnen haben.

Nach dem munteren Abendessen bei den Begleys begleite ich die McCanns zurück nach Hause. Colum bittet mich noch rauf auf ein Bier – und lotst mich in sein winziges Schreibzimmer, nur ein Fenster zum Lichtschacht, die eine Wand ein vollgestopftes Bücherregal, die andere gespickt mit Fotos, Zeitungsausschnitten, kleinen Zetteln mit Notizen. Er zieht ein Exemplar der deutschen Taschenbuchausgabe von *Die große Welt* aus einer Ecke hervor und schreibt mir als Widmung den von ihm so sehr geliebten und für sein Werk so gespenstisch perfekt passenden Mandelstam-Satz hinein: »But we must love this poor earth, for we have not seen another.«

VII – Hamburg, September 2014

Diesmal kein Spaziergang – nur eine Treppe rauf ins Restaurant: Colum ist mal wieder in Hamburg, um einen neuen Roman vorzustellen, seinen vorerst letzten, *Transatlantik*. Das Buch beginnt mit einer Szene zum Niederknien: ›Sie erwachte früh am Morgen, noch vor den Kindern. Es lohnte sich, dem Haus zuzuhören. Eigenartige Geräusche vom Dach. Anfangs dachte sie, es könnten vielleicht Ratten sein, die über die Schieferplatten huschten, doch bald entdeckte sie, dass es Möwen waren, die Austern auf das Dach fallen ließen, damit sie aufsprangen. Das geschah meist morgens, manchmal schon bei Tagesanbruch.‹

Und dann geht es weiter mit drei Parallelhandlungen: Einmal steht die Hungersnot in Irland Mitte des neunzehnten Jahrhunderts im Mittelpunkt; einmal der erste Nonstop-Transatlantikflug von Jack Alcock und Arthur Brown 1919; und einmal der US-Senator

George Mitchell, der 1998 die nordirischen Friedensgespräche in Belfast leitet.

›Die Conditio humana, die Freundlichkeit und Grausamkeit des Menschen, wie wir leiden und triumphieren – all das sind Themen, die sich auf phantastische Weise durch diesen Roman ziehen‹, schreibt die *New York Times* über *Transatlantik* und formuliert damit, was im Grunde für alle Romane von Colum McCann gilt und was ihn zu einem so einzigartigen Schriftsteller macht.

Nach der Lesung sitzen wir in großer Runde beim Abendessen im Literaturhaus-Restaurant, und ich erzähle Colum von meiner neuesten Unternehmung: der Edition ›Kattegat‹, die ich im Dörlemann Verlag herausgebe und bei der – wieder einmal – das Meer im Mittelpunkt steht. Die Gespräche wabern hin und her, Plätze werden gewechselt, und irgendwann fasst mich Colum am Arm. ›Weißt du, was *Sh 'khol* ist? Das ist Hebräisch und meint Eltern, die ihr Kind oder ihre Kinder verloren haben – sozusagen ›verwaiste Eltern‹. Dafür gibt es außer im Hebräischen in keiner Sprache ein Wort. Darüber hab ich eine Geschichte geschrieben, die aber in Wahrheit von einem zurückgebliebenen russischen Jungen handelt, der am allerliebsten in einem Neoprenanzug im Atlantik schwimmt – mit anderen Worten, sie handelt vom Meer …‹

Es folgten ein paar Gespräche mit Agenten, mit Colums deutschem Verlag und mit seinem Übersetzer, und nun halten Sie es in der Hand, dieses Büchlein vom Meer, das auf Deutsch *Verschwunden* heißt und von dessen Autor Elke Heidenreich gesagt hat, ›McCann ist ein Geschichtenerzähler, wie wir wirklich nur wenige haben.‹

Nachbemerkung

Spaziergänge – wenn auch manchmal nur eine Treppe hoch – sind der Hintergrund für wichtige Gespräche zwischen Colum und mir.

Ich verdanke diesen Promenaden außerdem die Erkenntnis, dass Bewegung und Beweglichkeit, körperlich wie geistig, entscheidend sind für ein intellektuelles und geistiges Verständnis von der Welt und ihren Menschen – überall. Und darüber hinaus sind die hier geschilderten und die vielen anderen Spaziergänge mit Colum eine wundervolle Zelebration unserer Freundschaft.

Nikolaus Hansen
Hamburg, November 2015

Zum Buch

»Sh'khol – so nennt man im Hebräischen Eltern, die ihr Kind verloren haben. Im Deutschen gibt es dafür kein Wort.« Rebecca ist Übersetzerin aus dem Hebräischen. Ihr Mann hat sie verlassen, und sie lebt mit dem gemeinsam adoptierten Sohn Tomas im irischen Galway an der Atlantikküste.

Der dreizehnjährige Tomas schwimmt für sein Leben gern im offenen Meer. Rebecca erfüllt seinen großen Traum und schenkt ihm einen Neoprenanzug – am nächsten Morgen, als sie aufwacht, sind er und der Anzug verschwunden. Es beginnen Tage des Suchens, des Wartens, des Hoffens, der Schuldgefühle, der Verzweiflung …

Zum Autor, zu seinem Übersetzer und zum Verfasser des Geleitwortes

Colum McCann, wurde 1965 in Dublin geboren. Er war Journalist, Farmarbeiter und Lehrer und unternahm lange Reisen durch Asien, Europa und Amerika. Für seine Romane und Erzählungen erhielt er zahlreiche Literaturpreise, unter anderem für *Die große Welt* den National Book Award. Colum McCann lebt mit Frau und drei Kindern in New York.

Dirk van Gunsteren, 1953 geboren, übersetzte unter anderen Jonathan Safran Foer, Thomas Pynchon, V.S. Naipaul, Patricia Highsmith, Philip Roth, T.C. Boyle und Oliver Sacks. 2007 erhielt er den Heinrich Maria Ledig-Rowohlt-Übersetzerpreis.

Nikolaus Hansen, geboren in Hamburg und Verleger von Rogner & Bernhard, von Rowohlt, des marebuchverlags, des Arche Literaturverlags/Atrium Verlags, segelte als junger Mann zwei Jahre um die Welt.